POÉSIES

CATHOLIQUES

DÉDIÉES A Mme DE CAMIRAN

Par M. l'Abbé FIRMINHAC

Chanoine honoraire de Rodez et de Tours, chevalier de l'Ordre Royal
d'Isabelle-la-Catholique.

PRIX : 1 FR. 50 C.

BORDEAUX

IMPRIMERIE A.-R. CHAYNES, RUE LEBERTHON, 7

1873

POÉSIES CATHOLIQUES

POÉSIES

CATHOLIQUES

DÉDIÉES A Mme DE CAMIRAN

Par M. l'Abbé FIRMINHAC

Chanoine honoraire de Rodez et de Tours, chevalier de l'Ordre Royal
d'Isabelle-la-Catholique.

PRIX : 1 FR. 50 C.

BORDEAUX

IMPRIMERIE A.-R. CHAYNES, RUE LEBERTHON, 7

1873

PRÉFACE

—

Qui n'a connu les charmes de l'amitié dans le cours d'une vie, même malheureuse?

Qui n'aime, même au sein du bonheur, à réveiller dans son âme l'image des amis disparus et le doux souvenir de leur voix, de leur sourire et de leurs vertus?

Est-il un mortel si pauvre et si caché dans la foule des vivants, qui n'ait eu l'occasion et le pouvoir d'adoucir une infortune par un conseil, un don, une larme sympathique?

Et dans nos jours de mensonge, de haine, d'audace sacrilége contre l'Église et contre le **Christ,** quelle âme catholique et vraiment française n'a senti le besoin d'affirmer, contre les impies et contre les gouvernements, la foi, la religion, la justice, en un mot les droits de Dieu et celui des nations chrétiennes?

Souvenirs et regrets, affirmations catholiques, protestations indignées, voilà tout mon livre et voilà ma préface.

ODE A M. REBOUL

18**

Noble barde d'Occitanie,
Barde, aux accords religieux,
L'enthousiasme, le génie,
La foi t'élèvent dans les Cieux !
Tu défends tout droit légitime,
Tu flétris l'erreur et le crime,
Tu pares de fleurs nos autels,
Et vers Dieu des terrestres rives,
En hymnes saintes et plaintives
Tu guides les vœux des mortels.

Pour montrer le héros et l'homme,
Pour juger le guerrier géant,
A ta voix un double fantôme
Surgit du sein de l'Océan :
L'un nommant les horribles scènes
De Jaffa, Bayonne et Vincennes,
Le couronne de ses forfaits;
L'autre des rayons de la gloire
Entourant son nom dans l'histoire
Dit ses vertus et ses hauts faits.

Que j'aime ton noble délire,
Quand tu peins Nîmes, ta cité,
Et ses monuments où respire
Rome païenne et sa beauté!
Aigue-Morte aux vingt tours croulantes,
D'où pour les batailles sanglantes
S'élançaient les guerriers pieux;
Où morne aujourd'hui, monotone,
La mer aux bords qu'elle abandonne
Jette ses bruits harmonieux!

J'aime ton jeune et beau trouvère
Au regard pur, au front riant;
Tes soupirs au pied du Calvaire,
Et, ton château du mendiant.
J'aime ton ange aux blanches ailes,
Venant aux demeures mortelles,
Visiter l'enfant nouveau-né,
Et loin des malheurs de la vie,
Emportant son âme ravie
Au séjour pur et fortuné.

Qu'entends-je? un cri sinistre, immense,
Des bords de la Seine est monté!
O Christ! tout un peuple en démence
Souille ton culte détesté;
Lutèce a vu sur ses collines,
Tes temples crouler en ruines

Sous les marteaux profanateurs,
Et la croix, ta sainte effigie,
Subir dans une infâme orgie
L'outrage des blasphémateurs.

Mais ta voix sonore, ô poète,
Soudain retentit dans les Cieux,
Comme au milieu de la tempête
S'élève un chant délicieux!
« Sans le Christ, c'est la nuit profonde,
» L'erreur, la servitude immonde,
» L'opprobre pour l'humanité :
» Par le Christ nous luit la lumière,
» Et par lui sur la terre entière
» S'épanouit la Liberté. »

Courbez-vous, tribus de la terre,
Sous le joug de sa sainte loi !
Voici le jour du grand mystère :
Rois, tremblez, le Christ seul est roi.
Un nouvel ordre se déroule,
Les temps ont fui, l'univers croule,
Et les sépulcres sont ouverts;
Enfants bénis, race fidèle,
Montez à la gloire immortelle,
Méchants, descendez aux enfers.

Ainsi ta parole puissante
Calmant les flots des passions,
Loin de l'Église gémissante,
Écartait les dérisions.

Tu disais aux bardes tes frères :
Chantez, apaisez les colères,
Les sombres haines des mortels;
Chantez l'amour et l'espérance,
Et la foi par qui la souffrance
S'endort, à l'ombre des autels.

Et ma main a saisi la lyre
Muette aux parvis du saint lieu,
Et l'hymne saint de mon délire
De la terre est monté vers Dieu.
Que ne puis-je, en ma noble audace,
Planant sur le monde et l'espace,
Te suivre en ton vol radieux?
Mais non, abaisse ton génie,
Un moment, à mon harmonie
Incline-toi, barde pieux.

Puis, reprends ton essor sublime,
Et par le charme heureux des vers
Retiens sur les bords de l'abîme
Un siècle incrédule et pervers;
Prédis-nous la fin des orages,
Sur l'humide flanc des nuages
Peins-nous l'arc aux vives couleurs,
Et fais luire la blanche étoile
Qui de la nuit perçant le voile
Du monde tarira les pleurs.

LE CHRÉTIEN MALADE

—

Jeune, mais sans bonheur, je marchais dans la vie,
Car elle avait perdu son prestige au matin;
L'orage avait grondé, mon âme était flétrie,
Et voyageur pensif je suivais le chemin.

L'avenir du présent m'expliquait le mystère,
Et je prenais mes jours comme ils tombaient du Ciel
La coupe de la vie à tout homme est amère
Et la foi seule y puise une goutte de miel.

Je vivais et priais; soudain mon sang bouillonne;
Le mal comme un lion ronge et brise mes os;
Je tombe, et de la mort le frisson m'environne;
Je soupire, et m'endors du sommeil des tombeaux.

Mon âme était perdue en un vague délire:
Elle se balançait sur les ailes des vents,
Immobile, écoutait une céleste lyre,
Et semblait par l'extase oublier ses tourments.

Mais le mal renaissait, et ma faible paupière
Se fermait par degrés à la clarté du jour;
Déjà j'entrevoyais le bout de la carrière,
Mon astre à l'horizon descendait sans retour.

O moment solennel ! le monde a fui ; sur l'âme
Pèse de tout son poids l'immense éternité !
Voilà ton Dieu ! réponds: as-tu des droits? réclame ;
Grâce, ô Dieu trois fois saint ! mon droit c'est ta bonté.

Je disais, et mon cœur serré par l'épouvante,
Pliait comme un roseau battu de l'aquilon ;
Toutefois, l'espérance, au sein de la tourmente,
A mes regards troublés faisait luire un rayon.

De l'homme né pécheur tu connais la faiblesse,
Je n'ai point abjuré le signe de ma foi ;
Pour prix de ma rançon accepte ma jeunesse,
Arrête mon soleil, frappe et pardonne-moi.

En murmurant ces mots mon âme était plus ferme,
Et moins triste à la vie elle disait adieu.
Mais hélas ! qu'elle est douce au regard qui se ferme !
La nature soupire et dit : mon Dieu ! mon Dieu !

Il m'en souvient, mon âme en ces moments terribles
Où la douleur broyait les forces de mon corps,
Mon âme, s'épuisant en élans invincibles,
Luttait, se rejetant sur les terrestres bords.

Comme l'oiseau blessé, pour mourir vient s'abattre
Au bois natal, mon âme aux lieux où j'étais né
Guida son vol ; forêts, champs, vallons, toits du pâtre
Tout l'émeut, tout l'attache à ce sol fortuné !

Puis devant ses regards passaient d'autres images,
Lyre, rêves dorés, gloire, douce amitié !
Puis enfin, s'abîmant dans un lit de nuages,
Elle ne vit plus rien, et tout fut oublié !

Un ange en ce moment me couvrit de son aile,
Et sa droite de moi détourna le trépas ;
Je rouvris la paupière à l'aurore nouvelle
Et saluai le jour que je n'attendais pas.

O Dieu qui vis mes pleurs, je bénis ta clémence :
Tu frappes et guéris, gloire à toi ! gloire à toi !
Que puis-je ? je suis faible et ma dette est immense
Croire, aimer et prier, je le veux, aide-moi.

Je veux fouler aux pieds une terre profane ;
La terre est le désert où luit un jour trompeur ;
Toute source y tarit, et toute fleur s'y fane ;
Tout homme y pleure et dit : où donc est le bonheur

Gloire, beauté, grandeur, science et renommée ?
Qu'est-ce pour le Dieu saint, idolâtres mortels ?
Un néant ! voyez-vous s'élever la fumée ?
La foudre a consumé les dieux et leurs autels.

Enfants d'Adam, passons, et sur notre passage
Répandons les parfums de nos pieuses mains.
La mort va des vivants balayer le rivage
Et jeter devant Dieu tous les pâles humains.

Les vertus, et la foi, voilà le bien de l'homme ;
La drachme qui paiera toute une éternité ;
Le reste n'est qu'un songe, un doux rêve, un fantôme,
Mortels, est-ce le prix d'une immortalité ?

CANTATE

EN L'HONNEUR DE Mgr DUPUCH

Ancien évêque d'Alger, à l'occasion d'une première communion, dans l'église
d'Ambarès, près Bordeaux (1850).

Le voilà ce beau jour promis à notre foi !
Le Ciel est dans nos cœurs, nos cœurs sont pleins
[d'ivresse,
Jeunes enfants chantons une hymne d'allégresse,
De l'aimable Jésus jurons d'aimer la loi.

Elle est belle et sainte
La loi du Seigneur ;
D'amour et de crainte,
De paix, de douceur,
Elle remplit l'âme,
Et son pur dictame
La nourrit, l'enflamme
Pour le vrai bonheur.

Le voilà, etc.

Quel pontife aimable
Nous a peint ses traits?
Sa force admirable,
Ses charmes secrets?
Combien sa parole
A la parabole,
Au divin symbole,
Emprunte d'attraits.

Chantons, jeunes enfants, ce pontife pieux;
Son cœur noble et sincère, et sa vertu modeste,
La bonté, la candeur de son regard céleste,
Son zèle, ses travaux, ses destins glorieux.

A son nom l'Afrique
Un jour tressaillit,
De sa gloire antique
Un éclair jaillit...
Les Cieux se troublèrent,
Les camps s'ébranlèrent,
Les cités croulèrent,
Son cœur ne faiblit.

Chantons, etc.

Les déserts fleurirent
Partout sous ses pas,
Et des fruits mûrirent
Qu'il ne cueillit pas!

Mais le Ciel l'inspire,
Mais Rome l'admire,
Mais un jour la lyre
Dira ses combats.

Chantons, etc.

Reprends la faucille
Moissonneur de Dieu ;
Ton étoile brille
Plus belle au saint lieu ;
Les peuples attendent,
Les anges descendent,
Et sur toi s'étendent
Leurs ailes de feu.

Chantons, etc.

CRÉATION DE L'HOMME

CHUTE ET RÉPARATION

Dieu dit, et du néant les mondes s'élancèrent ;
Dieu dit, les éléments par ordre se placèrent ;
Dieu fit l'homme et rentra dans son repos divin.
L'homme était innocent, le bien était sa fin,

Et les destins du monde étaient dans l'innocence,
Mais du bien et du mal l'homme avait la puissance.
Libre, il pouvait au bien tourner sa liberté,
Libre, il pouvait décheoir, vers le mal emporté.
Adam tombe, Édem fuit; flétris dans leur racine
Ses enfants expîront leur coupable origine;
Pour l'homme désormais la honte, le remord,
Les terreurs, le travail, l'ignorance et la mort.
Mais les pleurs, l'infortune et le sanglant baptême
Adouciront pour lui le fatal anathème;
L'Emmanuel naîtra : les déserts fleuriront,
Les sentiers devant lui, les monts s'applaniront;
La foi, du jour sans fin céleste avant-courrière,
Sur la nuit des mortels versera sa lumière,
Couronnera de fleurs leur calice de fiel,
Tendra sa main puissante au faible qui succombe,
      Et du berceau jusqu'à la tombe,
Sur l'homme doit veiller la milice du Ciel.

L'INCARNATION DU VERBE

O mystère fécond en merveilles étranges !
    Heureux mortels, ouvrez les yeux;
Et vous, purs Séraphins, troupe sainte des anges,
    Descendez aux terrestres lieux.

2

Voyez-vous cet enfant enveloppé de langes?
La lumière des Cieux était son vêtement,
C'est lui, dont, nuit et jour, vous chantez les louanges;
Mesurez son amour à son abaissement.

L'invisible apparaît; l'Éternel prend naissance,
L'immortel est mortel, et l'immense est borné;
J'adore le Dieu fort sous les traits de l'enfance,
Et pécheur je m'écrie : un Sauveur nous est né!

Loin de nous désormais les terreurs inhumaines,
L'humanité tressaille au nom du Rédempteur;
Il vient dompter l'enfer, il vient briser nos chaînes,
    Gloire à Dieu, gloire au Christ vainqueur.

Gloire à toi, Vierge pure, à toi Vierge féconde,
En tes flancs bienheureux tu contiens l'infini;
    Tu portes les destins du monde,
Et l'astre glorieux sort de ton sein béni.

JOB

CHAPITRE 37

Une voix sublime, éclatante
A retenti! c'est le Seigneur.
La terreur de sa voix tonnante
Ébranle, effarouche mon cœur.

Loin des soleils et des étoiles
De l'espace perçant les voiles
Son regard sonde l'infini ;
Devant les plans de sa science,
Et les œuvres de sa puissance
L'ange s'étonne et le bénit.

De la nue obscure et profonde
En éclairs jaillit sa splendeur ;
Le bruit de la foudre qui gronde
Au loin proclame sa grandeur.
Suivi de son triste cortége
L'hiver accourt ; la blanche neige
Tombe et se joue en tourbillons.
Sur les vents flottent les nuages,
Et les grandes eaux des orages
Des champs inondent les sillons.

L'homme a suspendu ses ouvrages,
La froidure a scellé ses mains ;
Je vois de leurs antres sauvages
Les bêtes prendre les chemins.
L'aquilon roule sur nos têtes
Les frimas glacés, les tempêtes ;
Le fleuve se durcit et dort...
Mais Dieu souffle, et dans les vallées,
Abondantes, échevelées,
Les eaux ont repris leur essor.

Les guérets implorent la nue ;
Elle vole, Dieu la conduit ;
La douce pluie est épandue,
L'air s'épure, l'ombre s'enfuit.
Au signal du doigt qui la guide
La nue a dans son vol rapide
Des Cieux embrassé le contour ;
Sur les champs des tribus fidèles,
Sur les champs des tribus rebelles
Les eaux s'épanchent tour à tour.

Job, écoutez ; savez-vous l'heure
Où Dieu concentre les vapeurs ?
Connaissez-vous, Job, la demeure
De l'éclair et de ses splendeurs ?
Votre œil, sous les célestes voûtes
Des nuages sait-il les routes ?
Job forma-t-il leurs éléments ?
Quand l'auster règne sur nos plaines,
Savez-vous pourquoi ses haleines
Ont réchauffé vos vêtements ?

Avez-vous, rival de Dieu même
Des Cieux brillants fondu l'airain ?
Et des saisons l'ordre suprême
Est-il l'œuvre de votre main ?
A vos yeux mortels, la nature
Se voile d'une nuit obscure,
Et vous dérobe ses secrets :
Qui donc comprendra la science
De la divine intelligence,
Ses lois, ses œuvres, ses décrets ?

Les ténèbres nous environnent,
Partout nos pas heurtent l'erreur :
Des abîmes qui nous étonnent
Gardons-nous de sonder l'horreur.
Mais remplis d'amour et de crainte
Adorons la majesté sainte
Du formidable Adonaï.
Il dit, et les nuages sombres
Sur l'univers jettent leurs ombres
Et le jour s'est évanoui.

Le nord disperse les nuages
Et le Ciel resplendit encor :
Ainsi la vie a ses orages
Et des jours pleins de rayons d'or.
Que fait le sage ? dans la gloire
Il rappelle à Dieu sa victoire,
Et le bénit dans la douleur.
Que fait l'orgueil? l'orgueil blasphème,
L'orgueil n'adore que lui-même
Et s'abîme dans le malheur.

POUR UNE LOTERIE EN FAVEUR DES PAUVRES

—

L'ANGE DES MALHEUREUX

Je suis un ange aux blanches ailes,
Je suis l'ange des malheureux,
Qui souvent aux rives mortelles
Viens porter les bonnes nouvelles
Et bénir les cœurs généreux.

Et je viens me mêler à cette douce fête
Où le pauvre orphelin doit faire sa moisson,
Où le riche à donner avec amour s'apprête,
Car l'aumône, ici-bas, du riche est la rançon.

Je viens changer en or ces festons, ces dentelles,
Ces corbeilles de fleurs, ces tissus gracieux,
Ces vases, ces tableaux, ces mille bagatelles,
Dons charmants, avec ordre étalés sous nos yeux.

Et puis donner son pain à la veuve qui pleure,
Rendre le doux sourire à ses pâles enfants,
Réchauffer du vieillard l'humble et froide demeure,
Et faire résonner les hymnes triomphants.

Je viens bénir les arts, le talent, le génie,
S'unissant en ce jour à la douce pitié ;
Et dire avec bonheur aux fils de l'harmonie,
Qu'au grand concert du Ciel ils seront de moitié.

Maintenant des rives mortelles
Je remonte au palais des Cieux,
Et je vais, messager joyeux,
Pour vos œuvres saintes et belles,
Du pauvre à Dieu porter les vœux;
Car je suis l'ange aux blanches ailes,
Je suis l'ange des malheureux.

LE CRI DES MÈRES CHRÉTIENNES

ou

CONSÉCRATION DES PETITS ENFANTS A MARIE

Ecce filius tuus.
(SAINT JEAN.)

Ave Maria!
Écoutez les prières
Des pauvres mères!
Ave Maria!

A vos pieds, Marie,
Voici nos enfants!
Protégez leur vie,
Leurs destins naissants!
Soyez leur étoile
Au riant matin,
Et guidez leur voile
Vers le port lointain!

Ave Maria, etc.

Quand l'orage gronde,
Apaisez les flots;
De l'enfer, du monde
Brisez les complots!
Étendez votre aile
Sur leurs fronts si doux;
De la mort cruelle
Écartez les coups!

Ave Maria, etc.

Écartez le vice
De leurs jeunes cœurs!
Par vous, de la lice
Qu'ils sortent vainqueurs!
Donnez force et vie
Aux cœurs maternels!
Exaucez, Marie,
Nos vœux solennels!

Ave Maria, etc.

Aux jours des alarmes
Calmez nos terreurs!
Essuyez nos larmes
Aux jours des malheurs!
Votre nom, Marie,
Charme les mortels!
Toute mère prie
A vos saints autels.

Ave Maria, etc.

MARIE OU L'APPARITION

18**

Sous la tour du manoir antique
La croix avait conduit la foule des hameaux,
Et puis vers le temple rustique
Les vierges, lentement, derrière les ormeaux,
Par le sentier semé de fleurs, de marjolaine,
Avaient accompagné la jeune châtelaine
Que la main du trépas avait mise au cercueil.

Là tous avaient pleuré, car Marie était belle :
Marie était des siens l'espérance et l'orgueil,
Et les hameaux aimaient la noble damoiselle.

La tombe était fermée, et déjà dans les Cieux
La nuit avait traîné son char silencieux.
Quel baume apaisera les douleurs d'une mère?
Ses pleurs coulent sans fin, et la tristesse amère,
Jour et nuit, de ses yeux écarte le sommeil.
L'aurore reparaît à l'Orient vermeil,
Le jour brille, pâlit, s'efface encor, les ombres
Étendent leur manteau sur les tourelles sombres.

Tout repose... elle veille en proie à ses tourments,
Et de l'airain qui pleure
En sa haute demeure,
Elle entend, elle suit au loin les tintements.

O mon ange! ô Marie! une pure lumière
Dans l'alcôve soudain vient frapper sa paupière;
Elle voit son enfant, non pâle, sans couleur,
Non telle que la mort l'a fanée en sa fleur,
Mais de rayons divins, de beauté couronnée...
O Marie! ô ma fille! ô mère infortunée,
Pourquoi ces pleurs, ces cris, cette immense douleur?

Aux sources même de la vie,
Sur les bords d'un fleuve de paix,
L'enfant à votre amour ravie
Puise le bonheur à longs traits.

Les mondes, le temps et l'espace
Se montrent sans voile à nos yeux;
Du soleil la splendeur s'efface
Dans l'aube éternelle des Cieux.

Mortels, pleurez sur vous, la terre
C'est l'exil, l'exil et la mort;
Là tout est nuage et mystère,
Regret, douleur, crime et remord.

Que sont vos biens? un peu de fange;
Vos plaisirs? un rêve trompeur;
Votre science? un nom étrange,
Et votre vie? une vapeur.

Au Ciel, l'amour et la science,
Au Ciel, l'immense volupté!
La vérité dans son essence,
La vie et l'immortalité.

> Pourquoi donc, ô ma douce mère,
> Pleurer l'âme qui vole à Dieu?
> Puisse bientôt la vie amère
> Pour vous finir! ma mère, adieu!

La vision n'est plus; la mère dans l'espace
Suit de l'ange envolé la lumineuse trace,
Et sa bouche a trois fois redit le nom aimé.
Elle pleure, et plus calme, elle s'endort; Marie
Apparaissait encore à son regard charmé,
Et la force rentrait dans son âme attendrie.

Elle s'éveille enfin, soupire, bénit Dieu;
Son œil avec amour contemple la nature,
Et l'ange dont la main la guide en ce bas lieu
Par degrés de sa plainte apaise le murmure.

Mais par un doux attrait, par un charme vainqueur,
> Cette voix du Ciel descendue
D'un invincible amour vient de remplir son cœur;
Comme une flamme en son sein répandue
La foi lui fait sentir sa force et son ardeur.

> Telle on voit en son vol sublime
> L'aigle se perdre dans les Cieux,
> Telle cette âme magnanime
> Prend son vol loin de ces bas lieux.

Elle cherche au-delà des spères infinies
Le monde où l'amour vit, où l'homme ne meurt plus;
Où des purs séraphins les saintes harmonies
D'une extase éternelle enivrent les élus.

LA SALETTE

I

LA VEILLE A CORPS

Le Ciel à l'horizon pâlit, se décolore,
Et la nuit aux mortels ramène le sommeil;
O nuit, hâte ton cours, et que bientôt l'aurore
Monte riante et fraîche à l'Orient vermeil.

Étoile du matin, douce Vierge, ô Marie,
Demain sur la montagne où ton nom est fameux,
Dans ce temple connu de la foule qui prie
J'irai, je répandrai mon amour et mes vœux.

Tous mes sens sont troublés, la force m'abandonne,
L'ennui courbe mon front, mon pied marche au hasard;
De mes iniquités la terreur m'environne,
Et je n'ose vers Dieu soulever mon regard.

Qui répondra pour moi, car ma dette est immense?
Qui fléchira mon Dieu? La mère du Sauveur :
Marie implorera la divine clémence,
Marie avec la paix me rendra le bonheur.

O nuit hâte ton cours, et que bientôt l'aurore
Monte riante et fraîche à l'horizon vermeil.
Tout dort, reposons-nous! ô Vierge je t'implore;
Mère du chaste amour veille sur mon sommeil.

II

ASCENSION

J'ai gravi du Gargas les cimes solennelles;
Les Alpes m'entouraient d'un cercle de remparts :
Leurs pics aériens, leurs neiges éternelles
Sur tous les points du Ciel fascinaient mes regards.

Ces vagues de granit dans les airs suspendues,
Cette pesante mer, qui donc la souleva?
Qui creusa ces bassins pour les glaces fondues?...
J'ai crié de terreur : Jéhova! Jéhova!

Puis mes regards tombaient sur la colline sainte
Où rayonnent les toits de temple glorieux;
L'espérance et la foi planent sur son enceinte,
L'oasis de Marie unit la terre aux Cieux.

Les nombreux pèlerins au beau jour de la fête,
Sur les sentiers des monts déroulant leurs anneaux,
Montaient en longue file, abordaient sur la crête,
Et leurs chants réveillaient les sauvages échos.

Mont de la Salette,
Mont béni des Cieux,
J'ai gravi ton faîte
Pèlerin pieux.

Voici la fontaine
Où l'auguste Reine
A pleuré pour nous;
Baisons ses vestiges,
Féconds en prodiges,
Pleurons à genoux.

N'as-tu pas tressailli sous sa majesté sainte,
O montagne d'amour, quand la reine des Cieux,
De ses pas sur ta cime a déposé l'empreinte,
Et repris dans les airs son vol silencieux?

Dans le calme des nuits n'entends-tu pas les anges
Qui descendent joyeux des parvis immortels,
Pour adorer sa trace, et chanter ses louanges,
Là-haut sur les sommets, ou près des saints autels?

O mont trois fois heureux! lève ta tête altière
Comme le Sinaï, l'Horeb et le Carmel!
Les peuples et les rois baiseront ta poussière
Avec un respect solennel.

En vain l'enfer frémit, l'impiété s'étonne,
De l'apparition partout la foi s'étend;
Des faits prodigieux la gloire l'environne,
Et l'incrédulité recule et se défend.

France, espère au Seigneur, crois à tes destinées,
De la hauteur des monts qui forment tes remparts,
Des Alpes et des Pyrénées,
Sur toi la grande Reine abaisse ses regards!

Mont de la Salette,
Mont béni des Cieux,
L'avenir t'apprête
Des jours glorieux !
Triomphe victoire !
Ton nom dans l'histoire
Rayonne immortel ;
Les chants retentissent,
Les peuples bénissent
Le nouveau Carmel.

L'INFORTUNE ET LA CHARITÉ

Mademoiselle A. de C... à Madame X...

I

Pâle et les yeux éteints, je marchais dans la vie,
Les ombres de la nuit environnaient mes pas ;
Par le vent du malheur ma force était tarie,
Et mon cœur vers l'espoir ne se soulevait pas.

Maudite par le Ciel, muette, solitaire,
Je fuyais, j'abhorrais les tentes des mortels ;
Pourquoi vivre ? Ai-je encor ma place sur la terre ?
Prier ? Le doute habite au pied des saints autels.

La majesté des nuits, les pompes de l'aurore,
Des beaux jours du printemps la fraîche vision,
Les bois, les prés, les champs qu'un doux soleil décore,
C'était l'insulte amère et la dérision.

II

Je te vis, dans ton sein je répandis mes larmes,
Et je sentis ton cœur palpiter sur mon cœur.
Divine charité, qui nous dira tes charmes?
De la mort, de l'enfer, ton pouvoir est vainqueur.

Ton regard calme et doux, ta parole embaumée,
Tes caresses, tes dons, ta suave pitié,
Éclairant le chaos où j'étais abîmée,
Me font bénir le Ciel au nom de l'amitié.

Oui, d'un Dieu plus clément j'entrevois le sourire;
D'un jour plus glorieux saluant la clarté,
De mes fureurs je sens s'apaiser le délire,
Et comprends la douleur sous un Dieu de bonté.

La douleur, je le vois, doit racheter le monde;
Par la douleur la terre enfante des élus;
Le bien y naît du mal, l'or de la fange immonde,
Et, cet ordre détruit, l'espérance n'est plus.

O charité, par toi je crois, je vis, j'espère;
La nature à mes yeux a repris ses appas;
A la source d'amour mon cœur se désaltère,
Sous la main du malheur il ne fléchira pas.

VERS A Mlle R***

ÉPROUVÉE PAR UNE LONGUE ET CRUELLE MALADIE

Dieu par la croix sauva le monde;
La croix apaise nos douleurs;
La croix en délices abonde,
A ses pieds répandons nos pleurs.

L'amour divin croît sous son ombre,
Et tout est possible à l'amour!
Aimons; l'avenir le plus sombre
Prendra les teintes d'un beau jour.

La vie est lourde, elle est amère;
Si vous succombez sous son poids,
La foi, douce et pieuse mère,
De la main vous montre la croix.

Courage, dit-elle, ô Suzanne,
Sur le Calvaire il faut mourir;
Marchez par le désert, la manne
Y tombera pour vous nourrir.

Encore un jour, ô fille d'Ève,
Buvez dans la coupe de fiel!
Ouvrez les yeux, l'aube se lève,
C'est l'aube immortelle du Ciel.

VERS ÉCRITS SUR LE CARNET D'UNE DAME

TENTÉE DE DÉSESPOIR

Croyez, la foi soutient l'âme dans l'infortune ;
Aimez, l'amour divin est l'âme des vertus ;
Priez loin des regards de la foule importune ;
Contemplez sur la croix, le Christ les bras tendus,
Et votre cœur rempli d'espérance immortelle
A l'honneur, au devoir, à la vertu fidèle,
Sentira par degrés s'adoucir sa douleur
Et ne faiblira pas sous le poids du malheur.

❦

A MADAME CH***

EN LUI ENVOYANT UN EXEMPLAIRE DE L'INTRODUCTION

A LA VIE DÉVOTE

Recevez d'une main amie
Ce livre si petit aux yeux ;
Pour les pèlerins de la vie
Il est un trésor précieux.
Embaumé de saintes paroles,
Plein de suaves paraboles,
Il charme l'esprit et le cœur ;
C'est un baume, un miel, un dictame,
Un attrait céleste et vainqueur.
Il nourrit, il épure l'âme,
La remplit d'une douce flamme,
Et lui donne joie et vigueur ;

Il sème de fleurs l'évangile,
La vertu sublime est facile;
La foi s'étend, s'épanouit;
L'homme a des visions étranges,
Nous commerçons avec les anges,
Et le monde s'évanouit.

LES FLEURS DU SANCTUAIRE

—

Fleurs du sanctuaire,
Témoins, nuit et jour,
Du plus doux mystère
Qu'enfanta l'amour.

Du pur encens de vos calices
Embaumez la demeure où repose mon Dieu!
Que vos chastes attraits, avec plus de délices,
O fleurs, brillent dans le saint lieu!

Exhalez votre vie en parfums, près du trône
Où réside le doux sauveur;
Effeuillez à ses pieds votre belle couronne,
Couronne de grâce et d'honneur.

O fleurs, heureuses fleurs, votre sort, je l'envie!
Que ne puis-je, loin des mortels,
Dans l'extase d'amour couler en paix ma vie
Devant mon Dieu, près des autels!

Sur le pavé du sanctuaire
Que ne puis-je répandre, à toute heure du jour,
Mes larmes, mes soupirs, ma brûlante prière,
Et mourir d'un élan d'amour!

Fleurs du sanctuaire,
Témoins, nuit et jour,
Du plus doux mystère
Qu'enfanta l'amour.
Belles fleurs que j'aime,
Vous êtes l'emblème
Des cœurs innocents,
Qui sans cesse adorent
Et qui s'évaporent
Comme un pur encens.

❦

LETTRE DE M. DE BLOSSAC

15 AOUT 18**

Poète, oh! laisse-moi serrer ta main de frère,
Car comme toi je chante aussi devant mon Dieu;
A nos fangeux sentiers j'ai dit un même adieu.
Mon pied suit dans l'Église une pente contraire.
Comme un parfum du soir qu'on allume au saint lieu
J'ai respiré l'encens de ton luth solitaire,
Et de l'écho du Ciel que tu dois à la terre
Je comprends et bénis le langage de feu.

Bien souvent je te cherche, et de ta grande lyre
L'harmonieuse voix, le sévère délire,
Enchante également mon oreille et mon cœur.
Oui, d'un ami reçois l'étreinte fraternelle,
Poète, dépouillé de la robe charnelle
Aimons-nous dans le luth comme dans le Seigneur.

—

RÉPONSE A CETTE GRACIEUSE ÉPITRE

Merci pour les vers du poète,
Merci pour les vœux du chrétien !
De ton cœur aimable interprète
Ta muse vient dans ma retraite
D'un ami m'offrir le soutien.

Voilà ma main, la main d'un frère:
Unissons nos âmes de feu;
Levons l'étendard du Calvaire;
Debout devant le sanctuaire
Combattons les combats de Dieu.

De l'impie entends les blasphèmes,
Des méchants vois les noirs complots;
Liguons-nous contre leurs systèmes,
Chantons, nous calmerons les flots.

Déjà les accents de ta lyre
A mon oreille sont montés;
Tes vers si doux j'ai pu les lire;
Je les ai lus avec délire
Et d'ineffables voluptés.

Gloire au chrétien, gloire au poète,
Gloire à toi pour tes nobles chants!
Quand pourrai-je dans ma retraite
Entendre tes accords touchants?

Viens, que la sainte poésie
Serre les nœuds de l'amitié;
L'amitié! céleste ambroisie,
Doux charme dont l'âme est saisie,
Et qui l'allége de moitié!

A M. L'ABBÉ FIRMINHAC

Ma vie est un rameau sans force et sans prestige
Qu'émonde l'aquilon loin du sol paternel;
Et mes tristes destins flottent comme la tige
Aux bords d'un gouffre où gronde un orage éternel.
Mais rêvant sur ma lyre, ou courbé sur ma pelle,
Je vais d'un pas égal où le devoir m'appelle,
Sans voir si l'horizon est sombre ou radieux.
Quel que soit son aspect, le foyer qui m'accueille
Est un temple où mon cœur transporté se recueille
    Offrant son hommage à ses dieux.

Oui poète, c'est toi que mon bon hôte encense;
C'est toi qui nous ravis par tes chants immortels.
Ta voix du grand esprit révèle la puissance,
Ton bras de la foi sainte exhausse les autels!

A ton souffle inspiré notre air se purifie;
Ta carrière est sublime, avance, glorifie;
Le monde à tes clartés bruira comme Memnon,
Moi sans cesse incliné devant ton beau génie,
Réveillant de mon luth la traînante harmonie,
A mes hymnes d'amour je veux mêler ton nom.

LÉON VILLAS,

Bordeaux, allées des Noyers, 26.   Terrassier.

—

RÉPONSE

J'ai lu tes vers, poète, et dans ma solitude
Ta voix a retenti comme un écho du Ciel;
A tes rudes labeurs tu joins la douce étude,
C'est mêler à l'absinte une goutte de miel.

Le nuage parfois nous dérobe l'étoile,
Mais l'astre sort de l'ombre et surgit dans les Cieux.
Tel le génie obscur par degrés se dévoile
Et de l'obscurité s'élance glorieux.

Et puis le vrai bonheur n'est pas la renommée;
.Et l'âme ne vit pas du vain bruit d'un grand nom.
Qu'est la gloire ici-bas? une ombre, une fumée.
Interrogez la gloire : est-elle heureuse? non.

Chacun sous l'œil de Dieu, remplissons notre tâche,
Contents de nos loisirs et de la paix des Cieux;
Aux regards des méchants l'obscurité nous cache,
Et Philomèle chante aux bois silencieux.

La foi vit dans mon cœur, la foi c'est mon génie,
Poète, et pour calmer les tristesses du cœur,
Elle emprunte du vers le nombre et l'harmonie;
Puisse le tien frémir à son charme vainqueur.

ODE SUR L'IMMACULÉE CONCEPTION

Tota pulchra es, et macula non est in te.
(Cantique des Cantiques.)

Roma locuta est;
Causa finita est.
(S. Augustin.)

Les Cieux étaient sereins : pure, belle, féconde,
La nature étalait sa force et sa beauté;
Mais la clarté du jour s'éteint, l'orage gronde,
Et le deuil couvre au loin le monde épouvanté.

Sous l'abri d'un laurier, aux bords d'une eau courante,
Dans un vallon secret s'épanouit un lys;
L'été n'a point terni sa parure éclatante,
Par l'orage on dirait ses charmes embellis.

Telle au milieu d'un monde où pèse l'anathème,
Tu fleuris ô Marie, ô tige de Jessé!
Et le rayonnement de ta beauté suprême,
Révèle de l'Éden le bonheur effacé.

L'arbre du genre humain flétri dans sa racine
Ne mûrit point les fruits de ses pâles rameaux :
L'homme, ce fils du Ciel, n'est plus qu'une ruine,
L'iniquité d'Adam le courbe sous les maux.

Par le crime d'un seul notre race est proscrite :
Tous, nous naissons impurs, maudits, déshérités,
Le mal souille la terre, et la terre maudite
Vers Dieu lève en tremblant ses regards attristés.

Chaste fleur du Carmel, ô Vierge, ô fille d'Ève,
Toi seule de l'enfer n'as point subi la loi.
L'abîme t'environne en grondant ; Dieu se lève,
Le déluge du mal s'arrête devant toi.

Sous un Ciel menaçant, aurore lumineuse,
Tu parais à nos yeux sur un trône d'azur,
Moins pur est l'arc-en-ciel sur la nue orageuse,
Moins belle luit l'étoile à l'horizon obscur.

Je ne m'étonne point de tes destins sublimes,
Ton corps est l'arche sainte où le Ciel descendra :
Et de l'immensité franchissant les abîmes,
A l'homme dans ton sein le Verbe s'unira.

Le Dieu saint devait-il, un jour, une heure même,
Abandonner ton être au pouvoir infernal ?
Devait-il, un seul jour, vouer à l'anathème
Le temple de son fils, de son fils son égal ?

Non, non, ô Vierge ! ô mère ! et je crois aux prophètes,
Dont la voix annonçait tes futures grandeurs ;
A l'Église du Christ qui toujours, dans ses fêtes,
Environna ton front d'immortelles splendeurs.

Je crois à l'Esprit-Saint te nommant toute belle,
Belle de pureté, d'innocence et d'amour,
Belle comme au désert la colombe fidèle,
Comme l'astre des nuits, comme l'astre du jour.

En vain l'erreur frémit et lance le sarcasme;
A l'enfer vainement s'unit l'impiété;
La foi des nations, l'amour, l'enthousiasme,
Bravent les noirs complots de l'orgueil irrité.

Les cités, les hameaux, en l'honneur de Marie,
De cantiques sacrés toujours retentiront;
Et pour glorifier cette Reine chérie,
Toujours aux séraphins les peuples s'uniront.

Le jour vient! le jour vient! de pieuses offrandes
Que nos mains à l'envi chargent les saints autels;
Vierges jetez des fleurs, et tressez des guirlandes;
Célébrons ce grand jour par des chants immortels!

Écoutez cette voix que vient d'entendre Rome:
Marie immaculée! A ce cri glorieux
Le monde catholique en s'inclinant te nomme,
Et ceint de feux brillants ton nom victorieux.

Le vicaire du Christ à ton beau diadème,
Ajoute avec amour un riche diamant;
C'est le dernier effort de son pouvoir suprême,
De la foi des chrétiens c'est le couronnement.

Les pontifes sacrés, les chefs de la prière
Ont acclamé ton nom dans le cénacle saint.
Un immense transport saisit la terre entière ;
O Vierge, gloire à toi ! gloire au fruit de ton sein !

O mère des mortels, ô sublime patronne,
Par d'immenses bienfaits signale ce beau jour !
Veille sur notre France où ta gloire rayonne,
Et luis sur l'univers comme un phare d'amour.

Pour moi que tu couvris de l'ombre de ton aile,
Je veux de mes transports enflammer tous les cœurs ;
Je veux jusqu'à la mort, à ton culte fidèle,
Bénir ton nom divin et chanter tes grandeurs.

LES VISIONS

ROME — PARIS — LA NATURE

I

Aux confins de nos champs, à l'ombre du grand chêne,
Sur un lit de genêts mollement étendu,
D'un tranquille regard je parcourais la chaîne
Du Cantal, qu'on dirait avec le Ciel fondu.

Un fragment de rocher mousseux, veiné de marbre,
En élevant mon front me servait d'oreiller ;
La brise et les oiseaux chantaient dans le grand arbre
Et m'invitaient à sommeiller.

Le taon aux beaux yeux verts, au corselet superbe,
M'enfermait dans son vol rapide et cadencé,
Et l'invisible essaim des moucherons dans l'herbe
Bruissait en frôlant le gazon condencé.

Parfois pour recueillir les bruits de la nature
Je fermais ma paupière au spectacle des champs ;
La note était plus vague et plus doux le murmure,
    Et rêveur j'aspirais ces chants.

Et mon esprit flottant de l'un à l'autre monde
Interrogeait la terre et gravitait vers Dieu,
Puis planant sur les monts et sur la mer profonde
Il reposait son vol sur Rome toute en feu.

Une acclamation immense, solennelle,
Montait de son enceinte et remplissait les airs ;
Les anges suspendus à la voûte immortelle
    Prêtaient l'oreille à ces concerts.

Assis dans le sénat des princes de l'Église
Un vieillard proclamait les lois d'Adonaï,
Et des tribus sans nombre, à ce nouveau Moïse
Juraient amour au pied d'un nouveau Sinaï.

Aux rois des nations, roi, pontife suprême,
Il enseignait l'honneur, le droit, la liberté,
Et sa main imprimait le sceau de l'anathème
    Sur le front de l'impiété.

Devant le monde entier il s'affirmait lui-même,
Au nom du Christ, au nom des martyrs glorieux,
Et bravant des méchants l'outrage et le blasphème
Montrait à l'horizon l'astre victorieux.

L'hosanna du triomphe ébranla le grand temple ;
Gloire au pontife saint, gloire au Christ, gloire à Dieu ;
Puis la voix du vieillard que tout regard contemple
    Seule s'entendit au saint lieu.

Et des anges nombreux ceints de pure lumière
De Rome s'envolaient vers les climats lointains ;
Ils semaient à tout vent l'amour et la prière,
Et Satan confondu maudissait ses destins.

II

De Rome mon esprit m'a porté dans Lutèce,
Lutèce autre Babel à l'immense contour,
Lutèce où les plaisirs, les arts, et la richesse
    Ont fixé leur riant séjour.

Quel bruit de fer roulant sur le fer ou la pierre,
Quelle sourde rumeur, quels cris dans ces remparts,
Quels sons harmonieux, quelle pompe guerrière,
Étonnent à la fois l'oreille et les regards ?

Rois, princes, empereurs, des régions lointaines
Sont venus contempler la reine des cités,
Le grand panorama des merveilles humaines,
    Nos mœurs et nos solennités.

Ce formidable amas des œuvres du génie,
Du travail et des arts cette vaste moisson,
Cette fièvre du luxe ardente, indéfinie,
D'une vague terreur me donnent le frisson.

Je sens, je palpe et vois la forme et la matière,
Et leur rayonnement me cache un pan des Cieux;
Si l'âme dans les sens s'abîme toute entière,
    Voilez l'avenir à mes yeux.

De l'immortalité la sublime espérance,
La justice, la foi, la paix, la liberté,
Seules ont le pouvoir de calmer la souffrance,
Et cet hymne d'amour Rome l'avait chanté.

III

Le rêve est disparu; j'ai rouvert la paupière.
Le moissonneur joyeux fauchait les épis d'or;
L'astre du jour versait une douce lumière
    Et la brise chantait encor.

Par un soleil d'été que la nature est belle!
Quel charme répandu sur la création!
Dans sa fraîche splendeur l'homme se renouvelle,
    Et se perd dans l'extase et l'adoration.

Loin de moi des cités les pompeuses merveilles,
J'aime la grande mer, les limpides ruisseaux,
Les bois, les prés fleuris, les aurores vermeilles,
    Et le vol léger des oiseaux.

J'aime des monts altiers le vaste amphithéâtre,
La majesté des nuits, la voix des aquilons,
Les vapeurs s'élevant en colonne bleuâtre
Et les nombreux troupeaux sur les hauts mamelons.

J'aime l'hymne pieux de la cloche champêtre,
Les nuages au Ciel comme nous voyageurs;
Les monotones chants des pasteurs sous le hêtre,
    Et les refrains des vendangeurs.

Voilà les grands tableaux et les sublimes scènes
Que le Dieu créateur expose à tous les yeux :
Pour voir et pour jouir, point de frais, point de peines,
Son exposition c'est la terre et les Cieux.

❧

PIE IX

NOVEMBRE 1869

L'orgueil, l'impiété, le schisme, l'hérésie,
Mêlent leurs cris de rage aux clameurs des enfers :
Pourquoi ce long tumulte et cette frénésie,
Ces blasphèmes hideux dont frémissent les airs?
Ces ligues, ces complots, ces mensonges cyniques,
Et ces ricanements, et ces vieux sataniques
Épouvante des bons, fol espoir des pervers?

« Courbez vos fronts, chrétiens, rendez les armes :
» La foi n'est plus; la science a vaincu.
» La loi du Christ sans force et sans vertu
» Aux yeux du siècle a perdu tous ses charmes;
» Où donc l'espoir? Dieu lui-même a vécu.

» Son lieutenant, roi, pontife suprême,
Clouant le monde à l'immobilité,
Au nom du Ciel et de la vérité
Lance la foudre, et voue à l'anathème,
Raison, progrès, génie et liberté.

» Noble vieillard, muré dans ta doctrine,
Dors ton sommeil, le sommeil du trépas.
Les nations s'échappent de tes bras;
Les rois, tes fils, consomment ta ruine;
Dors, l'avenir ne t'éveillera pas. »

Ainsi parle la haine insolente et farouche;
Ainsi l'impiété, le blasphème à la bouche,
Proclame son triomphe, et sur l'oint du Seigneur
Appelle, à grande voix, la honte et le malheur.

Mais en vain la mer monte et les vagues mugissent;
En vain des passions les fureurs retentissent;
Le débile vieillard, d'un front calme et serein,
Porte, sous l'œil de Dieu, le poids de la tourmente,
A l'heure du péril ignore l'épouvante,
Et menace les flots d'un invincible frein.

Entouré de sa cour, ceint de son diadème,
Je le vois ce vieillard, usant d'un droit suprême,
Glorifier des noms de la terre ignorés,
Aux fastes des martyrs inscrire leur victoire,
Et d'un éclat divin entourant leur mémoire, (1)
Placer sur les autels leurs ossements sacrés.
Je le vois, quand l'Europe et les rois font silence,
Oser, d'un peuple entier, seul prendre la défense,
A la honte vouer le nom de l'oppresseur,
Et lui montrer au Ciel un terrible vengeur. (2)
Je le vois condamner le mal, l'erreur, le vice,
Couvrir du bouclier du droit, de la justice
Le culte des autels, leur sainte majesté, (3)
Et des peuples chrétiens la noble liberté.
Audacieux mortels, enfantez des systèmes,
Ajoutez l'ironie et l'insulte aux blasphèmes,
De l'erreur sur le monde épaississez la nuit,
Conspirez en silence, ou marchez à grand bruit;
Comme l'astre du jour dissipe les nuages,
L'Église écartera les vapeurs, les orages,
Et phare lumineux élevé sur les mers,
En nous montrant le port confondra les enfers.

Il vient le jour promis, le grand jour du concile;
Peuples battez des mains, unissez vos concerts;
Prélats, rassemblez-vous des bouts.de l'univers;
Anges du Ciel, veillez sur eux et sur la ville,

(1) Canonisation des martyrs du Japon (1862).
(2) La Pologne et le Czar.
(3) Le syllabus.

Et toi pour recevoir les envoyés des Cieux
O Rome, orne tes murs de festons gracieux.

Comme de beaux palmiers un cèdre s'environne,
De pontifes sacrés une immense couronne
En face des autels entoure le vieillard
Et forme de la foi l'invincible rempart. (¹)

La prière et l'encens, vers l'immortelle sphère
Sont montés, et les Cieux s'abaissent sur la terre.
L'Esprit-Saint, qui, porté sur la masse des eaux,
De son souffle autrefois féconda le chaos,
Descend avec ses dons sur le nouveau cénacle :

L'infaillible docteur en son nom va parler...
D'une oreille docile écoutons son oracle :
Quels dogmes, quels secrets va-t-il nous révéler ?...

Peuples, inclinez-vous, chrétiens, chantez victoire !
L'Église se revêt d'une nouvelle gloire,
Sa voix des passions apaise la fureur,
Ses divines clartés font reculer l'erreur,
Au contact de sa main les rochers s'amollissent,
La foi s'étend au loin et les déserts fleurissent,
Le fier lion se mêle aux paisibles agneaux
Et les grâces du Ciel coulent à grandes eaux.
Tout l'univers est plein de sa magnificence,
Le jour annonce au jour sa gloire et sa puissance;
Les peuples étonnés admirent ses splendeurs,
Et les rois, à ses pieds, adorent ses grandeurs.

---

(1) Assemblée du grand Concile.
Et circa illum corona fratrum. quasi plantatio cedri in monte libani · circa illum stabunt quasi rami palmæ.

L'EXPIATION ET L'ESPÉRANCE

29 SEPTEMBRE 1870

I

Coupables, nous portons la peine de nos fautes,
Le mal a submergé les âmes les plus hautes ;
Dieu, nous l'avons banni de nos mœurs, de nos lois,
L'avare soif de l'or, le luxe, la mollesse
Ont de nos fronts chrétiens obscurci la noblesse,
     Nous pleurons, et nous étions rois.

Nous avons renié le Christ et l'évangile,
Et secouant leur joug d'une humeur indocile
Nous nous sommes repus de mensonge et d'erreur.
La foi de nos rhéteurs n'est plus que l'athéïsme,
Leur dogme solennel, c'est le froid égoïsme,
     Et sur nous plane la terreur.

Au culte du Seigneur, au pontife suprême
Nous avons prodigué l'insulte et le blasphème ;
Loin des clartés du Ciel nous marchons dans la nuit.
Enivré du poison d'une folle doctrine,
Du vieux monde le peuple appelle la ruine,
     Elle vient, et Dieu nous poursuit.

J'entends le bruit confus d'innombrables cohortes,
La terre est ébranlée, elles sont à nos portes ;

Déjà sur nos cités flottent leurs étendards.
O Ciel! quelles clameurs, quels chocs, quelles batailles!
Quelle immense hécatombe, et quelles funérailles,
     Quel carnage de toutes parts?

France, pleure tes fils, pleure ta vieille gloire,
Ton farouche vainqueur, ivre de sa victoire
Marche d'un pas rapide et marche au nom de Dieu;
Le grand chef est tombé! le grand crime s'expie;
Par lui Rome la sainte est aux mains de l'impie,
     Et le vol souille le saint lieu!

Malheur, malheur à nous! car Dieu nous abandonne.
O France, quelle main a flétri ta couronne?
Ton front humilié se courbe sous le deuil!
Ah! tu fermais l'oreille à la voix des prophètes,
Tu t'enivrais d'encens au milieu de tes fêtes;
     Le luxe te met au cercueil!

II

Mais non, non; vers le Ciel fais monter la prière,
De ton antique foi relève la bannière,
Et coupable consens à l'expiation.
De tes fiers ennemis Dieu brisera les armes,
Sur eux détournera la honte et les alarmes,
Et tu seras encor la grande nation.

Vainqueur de la Syrie, aux champs de l'Idumée
Holopherne conduit son invincible armée,

Et vient de Béthulie assiéger les remparts.
Israël en péril devant Dieu se prosterne :
Dieu suscite Judith, Judith frappe Holopherne,
Et les mèdes vaincus tombent de toutes parts.

Mais pourquoi rappeler les prodiges antiques?
La Vierge de Nanterre, aux vertus angéliques,
Des fureurs d'Attila sauve Lutèce en deuil;
Jeanne-d'Arc, douce fille en héros transformée,
D'un saint enthousiasme enflamme notre armée,
Et brise d'Albion l'insolence et l'orgueil.

Eh bien! Dieu veille encor sur notre belle France;
Il l'éprouve, il l'épure au feu de la souffrance;
Mais pour faire bientôt éclater son amour :
Ses destins sont unis aux destins de l'Église,
Les Francs des Ariens arrêtent l'entreprise,
Mahomet et Luther sont vaincus à leur tour. (1)

La mission des Francs dans le monde est sublime,
Leur cœur est noble et fort et leur foi magnanime;
Leur glaive et leur amour couvrent la papauté,
Et leurs prêtres, des mers franchissant la barrière,
Du Christ aux bords lointains vont planter la bannière
Et semer à tout vent la sainte vérité.

---

(1) L'Église a couru trois périls suprêmes : l'arianisme, le mahométisme et le protestantisme.

Clovis baptisé par St Remi, chasse devant lui les peuplades ariennes et sauve la foi de l'Occident.

Charles Martel arrête les mahométants dans les champs de Poitiers.

Un pape français a le premier l'idée des croisades, et les croisades sont inaugurées à Clermont, en Auvergne.

Lève-toi donc Seigneur, arme-toi du tonnerre,
Brise les boucliers, et l'épée, et la guerre,
Fais marcher devant toi la terreur et la mort.
Refoule loin de nous les hordes germaniques,
Et nos hymnes d'amour, nos chants patriotiques,
Grand Dieu, te béniront dans un pieux transport.

PROTESTATION

CONTRE L'INVASION DE ROME

DÉCEMBRE 1870

Italie! Italie! à quel infâme crime
As-tu prêté les mains sans honte et sans terreur?
N'entends-tu pas les cris qui montent de l'abîme?
L'enfer frémit de joie et l'Église d'horreur.

Vil jouet des méchants, fauteur de leurs doctrines,
Félon, ambitieux, hypocrite, ton roi,
Foulant aux pieds tout droit, bravant les lois divines,
Force les murs de Rome, et dit Rome est à moi!

Tu mens, prince, tu mens, usurpateur inique;
Les rois Francs de l'Église ont fondé les États;
Rome appartient au monde, au monde catholique,
Et le monde indigné maudit tes attentats.

N'espère pas garder ton injuste conquête ;
Non, elle est un forfait aux yeux des nations.
Des signes précurseurs annoncent la tempête,
Tremble, Dieu t'abandonne aux mains des factions.

Vingt fois des conquérants l'audace sacrilége
Arracha leur domaine aux pontifes romains ;
Vingt fois, Dieu par les Francs les rendit à leur siége,
Vingt fois de leur cité leur rouvrit les chemins.

Dix siècles sur sa base ont affermi leur trône ;
Dix siècles, leurs bienfaits ont commandé l'amour ;
Lorsque une main impie a ravi leur couronne,
Le sceptre à cette main échappa sans retour.

Niant ou bravant Dieu, les rois et leurs ministres
Aux complots de l'enfer ont uni leurs complots ;
Et Dieu livrant la terre à leurs projets sinistres
Des révolutions a déchaîné les flots.

Monarques insensés, contemplez leurs ravages :
Si du toit des pasteurs le chaume est détaché,
La tour aussi s'écroule, et sur les hauts rivages
L'orme aux champs qu'il aimait est lui-même arraché.

Rome et sa royauté tant de fois séculaire
De l'ordre universel forment le piédestal ;
Leur droit, de tous les droits est la pierre angulaire,
Leur chûte est l'anarchie et l'empire du mal.

Eh bien! loint du Seigneur s'il n'est roi n'est par libre;
Il doit l'être pourtant, il parle au nom de Dieu;
Sa voix doit éclater puissante aux bords du Tibre,
Et de là s'envoler libre et pure en tout lieu.

Des quatre vents du Ciel, deux cents millions d'âmes
A la foi de leur chef s'unissent par leur foi;
A ce foyer divin l'amour puise ses flammes,
C'est la montagne sainte où rayonne la loi.

De quel droit, de quel front poussé par la démence
Victor-Emmanuel brise-t-il nos liens?
De quel droit se fait-il l'insulteur de la France,
Et le lâche geôlier du docteur des chrétiens?

A la face des Cieux, Français et catholiques
Contre l'invasion nous affirmons nos droits.
Rome n'est point à vous, ô peuples italiques,
Rome est au monde entier et surtout à nos rois.

Phare élevé par nous sur le cap des tempêtes,
Rome attire à la fois notre cœur et nos yeux;
Et nous voulons toujours voir luire sur nos têtes
Le flambeau réflétant la lumière des Cieux.

Fontaine intarissable aux eaux vives et pures,
Rome en verse les flots à toute nation;
Et pour calmer nos sens et guérir nos blessures,
Nous voulons y puiser avec profusion.

Arbre aux larges rameaux, aux racines profondes,
Rome abrite les lois, les mœurs, la liberté;
Et nous voulons cueillir à ses branches fécondes
Le fruit délicieux de l'immortalité.

Insolent ravisseur, va dans Rome la sainte,
Va ceindre la thiare aux yeux de l'univers ;
La malédiction sur ton front est empreinte ;
Pervers, tu dois périr de la main des pervers.

La France renaîtra de sa vaste ruine,
Et la France sur toi vengera son affront ;
Les peuples marcheront à la clarté divine,
Et les peuples sauvés, traître, te maudiront.

AU ROI DE PRUSSE

4 DÉCEMBRE 1870

I

A toi chef des Germains, à toi mes vers, Guillaume :
    Quel but, quel terme à ta fureur ?
Sur un peuple innocent, sur un vaste royaume
    Ton nom fait planer la terreur.

Pour enflammer ton ire, où donc est notre offense ?
    Où notre crime, roi puissant ?
Nous faut-il imputer de nos chefs la démence ?
    Et comme l'eau verser le sang ?

— Tu dis : Napoléon des sanglantes batailles
    N'a-t-il pas donné le signal ?
— Oui, certes, mais Sédan au pied de ses murailles
    L'a vu tomber du piédestal.

Car Dieu l'avait maudit dès l'heure du grand crime;
    Lâche, il trahit l'oint du Seigneur;
Il livra Rome, et Dieu l'a conduit à l'abîme,
    Par la honte et le déshonneur.
Coupable envers le Ciel, l'est-il envers Guillaume?
    Profond politique à l'envers,
N'a-t-il pas de la Prusse élargi le royaume,
    Et provoqué tous nos revers?
Enfin tu l'as vaincu; ta gloire est satisfaite;
    Roi chrétien, roi dit-on pieux,
« Tu disais, je ne veux que l'entière défaite
    De votre Corse ambitieux;
Paix, amour à la France! » et ta haine infernale
    Bravant l'Europe, bravant Dieu,
Nous déclare une guerre infâme, bestiale,
    Par le vol, le fer et le feu!

II

Tes barbares soldats, pleins d'une froide rage,
    Traînant mitrailleuses, canons,
Pillant, incendiant, remplissent de carnage
    Nos vals, nos plaines et nos monts.

De nos cités le vol consomme la ruine;
    Sous leur toit vide et dévasté,
Mille et mille orphelins que la faim extermine
    Maudissent ton nom détesté.

Où donc l'humanité, Guillaume, où la justice?
    Ces noms sont-ils des fictions?
Faut-il qu'un peuple entier par la guerre périsse?
    Où donc le droit des nations?

Tu fais de notre France un immense ossuaire ;
    Mais la Prusse entière est en deuil,
Car ses fils par milliers, moissonnés par la guerre,
    Dorment sous le même linceuil.

Le palais de nos rois abrite dans Versailles,
    Ton doux sommeil et tes festins ;
Les deux ordonnateurs des grandes funérailles
    Te vouant aux honneurs divins,
Alignent froidement les horribles batailles
    En savourant nos meilleurs vins.

C'est bien ! lève ton front, César, prends la couronne,
    La couronne des empereurs ;
La force est dans tes mains, la gloire t'environne,
    Fuyez, fuyez, vaines terreurs ;
Houra !...

III

Tremble Guillaume, un bras vengeur se lève ;
    Vautour immortel, le remord
Vient mêler l'amertume aux douceurs de ton rêve.
    N'entends-tu pas la voix des morts
En longs gémissements monter à tes oreilles ?
    Vois-tu ces fantômes sanglants
Passer et repasser, quand tu dors, quand tu veilles,
    Malgré la garde de uhlans ?
Fuis nos bords, devant toi de leurs champs de batailles
    Les cadavres se lèveront,
Du sabre et du boulet les béantes entailles
    A tes regards apparaîtront.

Et lorsque tes cités ouvriront leurs murailles
    Pour glorifier leur César,
Le remord en secret fouillera tes entrailles
    Avec la pointe de son dard.
Les vierges, les enfants, les épouses, les mères
    Dans tes États te maudiront,
Et brûlés sur ton front par leurs larmes amères
    Tous tes lauriers se flétriront.
Point de gloire pour toi, non ! dans nos champs humides
    Quand de ses pas le laboureur
Heurtera des guerriers les ossements livides,
    Il maudira notre empereur.
Il te maudira toi, Guillaume, et tes séïdes,
    Vos noms seront des noms d'horreur.

LES GRANDS JOURS
ODE PROPHÉTIQUE

A mes regards émus l'avenir se révèle,
Rois, peuples, écoutez ; une étoile nouvelle
Sur ton front radieux, ô France, resplendit ;
Ta puissance renaît du sein de tes ruines ;
Dieu veut encor ton bras pour ses œuvres divines ;
Tu vaincras pour le Christ, ô France, c'est prédit.

Mais de mon Ciel si beau j'ai vu pâlir les astres,
Mais pourquoi ces douleurs, ces hontes, ces désastres
Et cet affaissement aux yeux des nations ?
Mes guerriers sont captifs sur des plages lointaines,
Je subis d'un vainqueur les menaces hautaines,
Mon cadavre se tord dans les convulsions !!!

Dieu montrant au prophète un immense ossuaire
Lui dit : un peuple entier moissonné par la guerre
Dort sous tes pas ! Eh bien, au nom de Jéhovah,
Dis-leur, os desséchés, insensible poussière,
Levez-vous, reprenez l'esprit et la lumière,
Le prophète obéit, et la mort se leva !

France sors du tombeau, relève ta bannière,
Et des folles erreurs secouant la poussière
Marche, au nom du Seigneur, sur les pas de ton roi !
C'est le sang des martyrs, c'est l'enfant du miracle,
C'est le héros promis par maint et maint oracle
Pour renverser l'impie et relever la foi.

Ils viennent les grands jours ! de son trône sublime
Le grand chef a roulé jusqu'au fond de l'abîme,
Son crime se mesure à ses abaissements !
La reine des cités, l'impure Babylone
Lutèce, est un volcan où la lave bouillonne,
Le sang partout, l'horreur, les cris, les hurlements.

Dieu n'est pas, l'homme est Dieu, point de Christ, point
[d'Église,
Le progrès, la science, et tout craque et se brise,
Une effroyable nuit s'étend sur l'univers,
Les temples profanés, les pontifes, les prêtres,
Les guerriers généreux égorgés comme traîtres,
N'est-ce pas, sous nos yeux, le drame des enfers ?

C'est l'expiation, c'est l'heure : Dieu se lève,
Il appelle David, il l'arme de son glaive,

Goliath tombera sous la main d'un enfant.
Parais noble vengeur des saints et de l'Église,
Parais, l'Europe entière, à ton sceptre promise,
S'enchaîne avec amour à ton char triomphant.

Reprends de tes aïeux la mission sublime,
Fais trembler l'hérésie, extermine le crime,
De ton bras, sur Sion étends le bouclier ;
Loin de Paris fumant assemble ton armée,
Du zèle de la foi qu'elle marche enflammée !
Roi juste, roi chrétien, invincible guerrier,

Mets ta main dans la main du pontife suprême,
Sur ton front jaillira la gloire de Dieu même,
L'erreur, l'impiété devant toi fléchiront :
Les rois des nations, prosternés dans nos temples,
Adoreront le Christ ; vaincus par tes exemples,
Dans un même bercail les peuples s'uniront.

Ils viennent les grands jours ! Dieu dépose la foudre,
Les fils de Bélial sont couchés dans la poudre ;
Les larges horizons s'entr'ouvrent aux regards !
Albion de Luther rejetant la parole,
De Rome avec respect embrasse le symbole,
Et l'arabe du Christ bénit les étendards.

Damas, Jérusalem, Bysance, ouvrez vos portes,
Le grand chef des croisés, suivi de ses cohortes,
Avec l'oint du Seigneur marche à grands pas vers vous,
Syriens convoquez vos peuples aux batailles,
Sa valeur vous promet de nobles funérailles,
L'empire du Croissant est tombé sous ses coups.

Tremblez à votre tour fils de la Germanie ;
Sublime par la foi, puissant par le génie,
Un jour, un roi des Francs, vos prophètes l'ont dit,
Doit venger les douleurs, les revers de la France,
Aux peuples dans les fers apporter l'espérance ;
Le voilà, sa bannière à vos yeux resplendit.

Chantez, peuples chrétiens, l'hymne de la victoire,
Célébrez à l'envi la puissance et la gloire
Du monarque des lis, triomphateur des rois ;
Dieu le veut ! il faudra qu'on l'aime et qu'on le craigne,
Dieu le veut ! la justice affermira son règne,
Et son règne du Ciel affermira les lois.

LA VIOLETTE

1870

Lorsque l'hiver encore attriste nos rivages,
Que muets, les oiseaux dorment dans les buissons,
Aux contours des sentiers, à l'ombre des bocages,
Une précoce fleur embaume nos gazons.

De l'aimable printemps aimable messagère,
Elle charme à la fois notre cœur et nos yeux.
Avec quel doux transport la naïve bergère
La pose sur son front en bouquet gracieux !

Craintive, elle fleurit dans les touffes d'herbette,
Fuyant l'éclat du jour sous leurs voiles discrets ;
Mais son parfum trahit l'obscure violette,
Et sa pudeur ajoute encore à ses attraits.

Telle l'humilité ; fleur suave et pudique,
Elle s'épanouit sous les regards du Ciel ;
Son front est calme et pur, son sourire angélique,
Et sa douceur pareille à la douceur du miel.

Elle ne hante pas les sommets de la vie,
Mais abritant ses jours dans l'ombre des vallons,
Elle écarte la haine, elle trompe l'envie,
Et brave les assauts des fougueux aquilons.

Elle craint le bonheur, la gloire, un nom sublime ;
Les nuages parfois nous cachent sa beauté ;
Mais la perle a son prix sous les eaux de l'abîme,
Derrière les vapeurs l'étoile a sa beauté.

L'orgueil ! l'orgueil dans l'homme a-t-il sa raison d'être ?
Esclave de l'erreur, vil jouet du trépas,
Ange tombé des Cieux, maudit avant de naître,
L'homme est bien insensé s'il ne se connaît pas.

Ébloui de l'éclat de sa beauté sublime,
Satan veut être Dieu ; Dieu des hauteurs des Cieux,
Précipite Satan dans l'infernal abîme,
Et la foudre a brûlé son front audacieux.

Tyr, la reine des mers, Ninive, Babylone,
S'adorent dans leur force et s'enivrent d'orgueil ;
Dieu brise leurs remparts, leurs rois tombent du trône,
Et ces vastes cités dorment dans le cercueil.

Formidable leçon à tout mortel superbe !
Sous les traits d'un enfant voilant sa majesté,
Le fils de l'Éternel, Dieu lui-même, le Verbe
De Bethléem, en naissant, choisit l'obscurité.

Noble fille des rois, gloire, espoir de sa race,
Reine des Séraphins, mère d'Emmanuel,
Marie à Nazareth, humble et pleine de grâce,
Cache au monde étonné les mystères du Ciel.

Les profondes forêts, les monts, les thébaïdes
Abritèrent des saints les sublimes vertus;
De silence, de paix, de pénitence avides,
Ils priaient, ils jeûnaient, ils mouraient inconnus.

Mais le vent du désert parfois portait au monde
Des souffles embaumés, des chants bénis des Cieux,
Et parfois jaillissaient de cette nuit profonde
Des noms dont l'auréole éblouissait les yeux.

Dieu regarde de loin la fierté des superbes;
Sa bonté sur le pauvre en bienfaits se répand;
Et la petite fleur qui croît parmi les herbes,
Égale en sa beauté le cèdre du Liban.

Sur la cime des monts, les eaux du Ciel descendent,
Mais ne fécondent pas leurs pics audacieux;
Dans les humbles vallons, elles tombent, s'étendent,
Et sèment les moissons sur leurs bords gracieux.

O sainte humilité, couvre-moi de ton aile;
Rends mon âme facile à tes abaissements;
La vertu qui s'ignore est plus riche et plus belle
Que la pourpre de tyr, l'or et les diamants.

La pâle violette, au milieu des épines
Fleurit, et les buissons lui forment un rempart;
Puissé-je sous le poids des épreuves divines
Comme elle me cacher et fleurir à l'écart.

5

CHANT D'AMOUR

TIRÉ DU CANTIQUE DES CANTIQUES

Jésus-Christ et l'âme pieuse. L'époux et l'épouse.

L'ÉPOUX

O sœur, douce amante,
Ta beauté m'enchante,
Ouvre-moi ton cœur;
A l'époux fidèle
Ne sois point rebelle,
Bannis ta froideur.
Tendre Sulannite,
Mon amour t'invite.
Entends mes soupirs;
O ma bien-aimée,
D'amour enflammée,
Cède à mes désirs.

L'ÉPOUSE

D'où vient ta parole
Qui fuit et s'envole?
Mon cœur plein d'émoi
Palpite, s'embrase,
Et se fond d'extase!
C'est lui, c'est mon roi!
O plaisir suprême,
O bonheur charmant,
De pouvoir moi-même
'Au divin amant,

A l'époux que j'aime
Parler un moment.

Si dans la campagne,
Ou sur la montagne,
Au sein des forêts,
Vous rencontrez les pas de l'époux que j'adore,
Bergères, dites-lui que mon regard l'implore,
Et que je meurs d'amour, si plus longtemps encore,
Il me voile sa face et ses chastes attraits.

Mais je dois peut-être,
Mieux peindre à vos yeux,
Mon époux, mon maître,
Mon roi glorieux;
Son front est couronné de splendeur et de grâce;
Le miel est sur sa lèvre, il est blanc et vermeil;
Toute humaine splendeur pâlit devant sa face,
Et parmi les mortels à lui rien n'est pareil.

Pourquoi me fuir, ô toi que j'aime,
Époux divin, mon bien suprême,
Pourquoi, pourquoi tromper mes feux,
Sur tes pas en vain je me lasse;
Verrai-je enfin ta douce face?
Verrai-je enfin combler mes vœux?
Mais non, il fuit encor l'épouse...
Et sa fuite c'est de l'amour;
Il veut que ma flamme jalouse
Pour lui s'accroisse chaque jour.

Fuis, chaste amant, sur les montagnes,
Où les plus doux parfums embaument le désert,
  Là, j'irai loin de mes compagnes
A l'époux bien-aimé parler à cœur ouvert.
  Attire-moi par tes délices,
Révèle à mes désirs tes célestes appas,
Et trempe mon amour dans les chastes calices
  Des fleurs qui naissent sous tes pas.

L'ÉPOUX

Je suis la fleur des champs, et le lis des vallées :
Aux superbes regards, je cache ma beauté,
  Et mes grâces sont dévoilées
A l'âme qui descend jusqu'à l'humilité,
  O ma sœur, ô ma bien-aimée,
  Pour moi jardin délicieux ;

  Toute avenue en est fermée
  Aux impurs, aux profânes yeux.
  Mon nom seul règne dans ton âme
  Et l'ardeur de ta pure flamme
  S'attache partout à mes pas.

  Vers moi tes vœux et tes pensées
  S'élancent, à vagues pressées,
  Et leur source ne tarit pas.
   Voile, ô mon amante,
    Voile ton regard,
   Car son feu tourmente,
   Blesse comme un dard.

Épris de tes charmes
Pour toi vers le vallon des larmes
Ton époux, ton amant, des Cieux est descendu;
Au cri de ton amour, au cri de ta misère,
Par un sublime mystère,
L'amour a répondu.

Chaste et belle colombe, épouse bien-aimée,
Vole, viens sur mon cœur;
Parle, car de ta voix mon oreille est charmée;
Regarde-moi, tes yeux ont un attrait vainqueur.

L'ÉPOUSE

Eh! qui voudrais-je aimer sinon l'époux qui m'aime,
Si fidèle, si beau, si gracieux, si doux?
Me serait-il la myrrhe même
Mon cœur serait encor fidèle à mon époux.

Parmi les lis il se repose,
Des plus modestes fleurs il aspire l'encens,
Mais la pureté, fleur éclose
Sous les regards du Ciel, dans les cœurs innocents,
A pour lui des attraits mille fois plus puissants.

Lourdes et les Mécréants

Gloriosa dicta sunt de te.

I

La France, sous le poids d'une douleur immense,
Contemplait sa ruine et pleurait en silence!...
Dix siècles constellés de gloire et de splendeur
De son large passé reflétaient la grandeur,
Tandis que l'avenir, noyé dans les ténèbres,
S'offrait plein de terreurs et d'images funèbres!
Qu'espérer? la victoire a fui ses étendards,
Et la foudre a brisé ses plus fermes remparts.

Mais un souffle soudain l'agite et la soulève!
Qu'a-t-elle vu la France? aux terreurs de son rêve
Elle s'arrache enfin, et l'espoir vers les Cieux
Appelle son amour et son regard pieux!
Les temples des hameaux, les grandes basiliques
Se parent à l'envi de festons magnifiques;
Un saint enthousiasme enflamme tous les cœurs,
Et la tristesse cède à des charmes vainqueurs.

Les bannières, les croix au soleil resplendissent,
En sublimes accords les hymnes retentissent,
Et comme les épis flottent sur les sillons,
Mêlant et déroulant leurs épais tourbillons,

Du peuple des croyants telle l'immense foule
Pour le pèlerinage à longs plis se déroule,
Et couronnés de fleurs mille et mille étendards
Se jouant dans les airs, fascinent les regards.

Où vont-ils ces croyants? où vont ces multitudes
Aux costumes divers, aux nobles attitudes?
Dieu le veut! Dieu le veut! ils vont aux bords lointains.
De la reine des Cieux baiser les pas divins.
Les chars de feu sont prêts; la vapeur sur ses ailes
Emporte dans son vol la masse des fidèles;
La chimère en passant projette des éclairs,
Et les hymnes sacrés réjouissent les airs.

La nuit fait place au jour; du sommet des montagnes
La clarté par degrés descend sur les campagnes;
Le monstre a ralenti sa course, et dans les Cieux
Des cloches on entend les chants religieux.
Un son aigu, strident répond à leurs volées,
Et le gave frémit aux contours des vallées;
C'est Lourdes, la cité des bénédictions,
C'est le mont glorieux des saintes visions.

Le jour croît, le soleil, d'une lumière pure,
Pour la fête du jour embellit la nature.
La nuit, un peuple entier des monts est descendu;
Près du temple il attend par masses répandu!

Vingt mille pèlerins, (¹) rangés en longue file,
De cantiques joyeux font retentir la ville
Pendant que la fanfare, aux accords plus puissants,
Remplit tout le vallon de ses nobles accents.

Tout s'ébranle au signal; d'abord les chœurs des Vierges,
Les femmes par milliers tenant en main des cierges,
Les corps religieux, les sœurs d'ordres divers,
Par vagues se pressant comme les flots des mers;
Puis les lévites saints chantant les chants bibliques,
Trois cents prêtres ornés d'étoles symboliques,
Puis enfin, vers la grotte, au renom sans pareil,
S'avance le pontife en pompeux appareil.

En face du vieux fort, sur la roche bénie
Voyez-vous resplendir le temple de Marie?
Sa beauté virginale enchaîne tous les yeux :
Là viendront les croyants de tous les vents des Cieux.
Sur les nombreux autels du superbe édifice,
Pour la France est offert l'auguste sacrifice;
Et s'unissant à Dieu par un vœu solennel,
La multitude immense implore l'Éternel.

Autre scène aux regards : cette innombrable foule
Vers la grotte en chantant à grands flots se déroule,
S'entasse aux bords du gave et sur les prés en fleurs,
Et sur cet océan aux mobiles couleurs,

(1) L'inauguration et la bénédiction de la statue de la Vierge eut lieu le 4 avril 1864. Le temps était magnifique, la ville était pavoisée de fleurs; quarante mille personnes prirent part à la grande cérémonie.

Les souffles embaumés des brises printanières
Font flotter étendards, oriflammes, bannières,
Et devant le rocher des apparitions,
Montent d'un peuple entier les acclamations.

Sous les traits de la Vierge à l'enfant apparue,
En marbre de carrare, une belle statue,
De l'art et de la foi chef-d'œuvre gracieux,
Sur la niche au rosier attire tous les yeux.
A ses pieds la fontaine aux eaux fraîches, limpides,
Jaillit par trois canaux du sein des rocs arides :
Source à jamais féconde en faits miraculeux,
Source de siloé pour tous les malheureux.

Le départ a sonné, car le soleil décline,
Et plus pâles ses feux tombent sur la colline.
Pour la dernière fois, en hymnes de bonheur,
La voix des pèlerins monte vers le Seigneur.
On se presse, on se lave, on boit à la fontaine ;
On doit plus d'un miracle à sa vertu soudaine ;
Et dans le sein des monts, des cités, des hameaux,
Mille vases légers emporteront ses eaux.

II

Déistes, esprits forts, libres-penseurs, athées,
Géants de la science, Encelades, Antées,
Pour vous, ces grands transports et ces émotions
Ne sont que fanatisme ou folles visions :

Des sublimes hauteurs de vos grandes pensées
Vous prenez en pitié les foules insensées !
— « Point de surnaturel, la nature a ses lois,
» Et Dieu même, s'il est, n'a sur elle aucuns droits.

» La raison désormais seule rend des oracles ;
» La science a mis fin à la foi des miracles,
» Et sur l'humanité secouant son flambeau,
» Elle ouvre à ses regards un horizon plus beau.
» Le peuple voit partout dans les grands phénomènes
» Des faits prodigieux, des forces surhumaines,
» Et prodigue l'encens et l'adoration
» Aux secrètes vertus de la création. »

A l'œuvre donc savants, l'occasion est belle !
Une enfant vous convoque aux roches Massabielle,
Où le surnaturel, dit-on, se montre aux yeux :
Une enfant de treize ans commerce avec les Cieux.
Faible, pauvre, timide, ignorante et modeste,
Elle voit, ou croit voir un être au port céleste ;
Elle tombe à genoux devant l'Être divin,
Et son front calme et pur s'illumine soudain.

Hâtez-vous, car déjà les pâtres des montagnes,
Les peuples du Béarn, les peuples des Espagnes
Accourent ; nos cités s'ébranlent à ces bruits ;
Mille et mille témoins stupéfaits et séduits

Contemplent en priant Bernadette en extase!
Hâtez-vous, que l'erreur s'écroule par la base;
Certes votre génie aura bientôt raison
Du fantôme divin qui monte à l'horizon.

Aux peuples abusés, docteurs, parlez en maîtres!
Est-ce une comédie, invention des prêtres?...
Non, l'enfant ne ment pas; son ingénuité
Ne saurait altérer la simple vérité!
— « Elle est hallucinée ou bien cataleptique :
» De là les visions et l'état extatique;
» Encore quelques jours, la pauvre enfant mourra,
» Et prestige et croyants, tout s'évanouira.

L'arrêt est proclamé, l'arrêt de la science!
Suspendez un moment, peuples, votre croyance!
Mais que vois-je? à toute heure, et par tous les chemins,
Abordent plus nombreux les bataillons humains,
Et la voix d'une enfant, la voix d'une bergère
Aux lettres, à l'intrigue, au mensonge étrangère,
Exerçant sur la foule un magique pouvoir,
Dans le camp des savants porte le désespoir.

L'épreuve est contre vous; menteur est votre oracle;
Bernadette a vaincu! voilà bien un miracle!
« Point de surnaturel : » ah! vous fermez les Cieux?
Eh bien! vous en aurez à foudroyer vos yeux...

De la grotte fameuse expliquez donc la source?
La roche était sans eaux; quelle main à leur course
Ouvrant un lit secret dans le granit des monts,
Les a faites jaillir des abîmes profonds?

De leurs effets puissants dites-nous le mystère :
Sans goût, et sans vertu, voilà leur caractère;
Et cependant, venus de tous les horizons,
Les malades ici puisent les guérisons,
Et sur les bords lointains leurs vertus souveraines
Éclatent chaque jour en cures surhumaines!
Mécréants, niez-donc la source et ses bienfaits,
Et la main de Dieu même empreinte en leurs effets.

Bernadette avait dit : « Sur le roc Massabielle
» La Mère du Sauveur demande une chapelle,
» Prêtres, j'ai près de vous rempli ma mission. »
Et le prêtre disait, votons un million;
Mais d'où viendra cet or? d'où cette somme immense?
Dieu le sait : incroyants, vous avez dit : démence!
Et les peuples émus venaient à pleins chemins,
Et la foi follement donnait de toutes mains;

Et le temple bâti sur le roc des montagnes,
De son front radieux domine les campagnes;
De cantiques sacrés le désert retentit,
Et du culte divin la pompe y resplendit.

Cette foi, ce concours, ces dons et ces oracles,
Ces faits prodigieux ou plutôt ces miracles,
D'imposture et d'intrigue écartent tout soupçon,
Et leur enchaînement échappe à la raison.

Parlez donc, esprits forts, confondez l'ignorance,
Comprimez cet élan au nom de la science;
Mais votre front pâlit, vous demeurez sans voix...
Votre fière raison serait-elle aux abois?
Eh bien! à son défaut, armez-vous de la haine;
Arrêtez cette mer dont le flot vous entraîne;
Élevez des remparts, lancez vos procureurs :
La foi des pèlerins se rit de vos fureurs.

Vous ameutez en vain la tourbe radicale,
En vain de vos journaux la tactique infernale
D'un poison corrupteur infectant les esprits,
Amasse contre Dieu l'injure et le mépris,
Tranquilles, nous bravons vos cris, vos anathèmes,
Nous voyons chaque jour s'effondrer vos systèmes,
Et bientôt nous verrons, l'orage étant passé,
Au pied de notre croix, votre autel renversé.

Deux mille ans n'ont-ils pu vous révéler encore
Le pouvoir de ce Christ que l'univers adore?
N'a-t-il pas dans son culte uni les nations,
Détruit le vain ramas des superstitions,

Et semant à tout vent ses sublimes doctrines,
Fondé la loi d'amour sur leurs vastes ruines?
Le passé, le présent, l'avenir sont à lui,
Nul siècle n'éteindra l'astre qui nous a lui.

Voyez-vous le soleil lancé dans sa carrière?
Il répand sur le monde un fleuve de lumière.
Éteindrez-vous ces feux? quand le torrent des monts
Par les neiges grossi, précipite ses bonds,
Briserez-vous ses flots? et lorsque sur nos plaines
S'élancent du midi les bruyantes haleines,
Opposant une digue à leurs fougueux élans,
Calmerez-vous l'ardeur de leurs souffles brûlants?

Non; formez des complots, entassez les obstacles,
Dieu fera pour son œuvre éclater les miracles.
Lorsque les nations, ivres d'impiété,
S'endorment dans l'orgueil et dans la volupté,
Dieu, pour les châtier les courbe sous la honte;
Mais veut-il les sauver d'une ruine prompte?
Par des signes d'amour il se montre à leurs yeux,
Et pour les relever, il abaisse les Cieux.

O roc de Massabielle, ô montagne chérie,
Grotte des visions, où la Vierge Marie
Pour calmer de nos maux l'amertume et le fiel,
A la terre apporta le sourire du Ciel;

Temple dont la grandeur et la magnificence
De la foi catholique atteste la puissance;
Source aux flots abondants, aux merveilleux effets,
D'un Dieu puissant et bon proclamez les bienfaits.

Lourdes lève ton front : la Foi, vers tes rivages
Guidera des croyants les saints pèlerinages.
Les chefs des nations y viendront à leur tour
Apporter leur hommage à la mère d'amour;
Tes monts resplendiront d'une immortelle gloire,
L'Église en lettres d'or écrira ton histoire,
Et des bords de ton gave à la reine des Cieux
Monteront à jamais des chants délicieux.

Et toi, crois au Seigneur, ô France, ô ma patrie,
France des rois chrétiens, royaume de Marie !
Sur toi l'Emmanuel abaisse ses regards,
Car deux fois, sur nos monts, gigantesques remparts,
Pour pleurer, pour prier, sa mère est descendue;
Deux fois pour nous bénir sa main s'est étendue,
Et Dieu qui voit nos cœurs à ses ordres soumis,
Va tourner sa fureur contre nos ennemis.

Bordeaux. — Imprimerie CHAYNES, rue Leberthon, 7.